Corythosaurus

Nodosaurus

Ultrasaurus

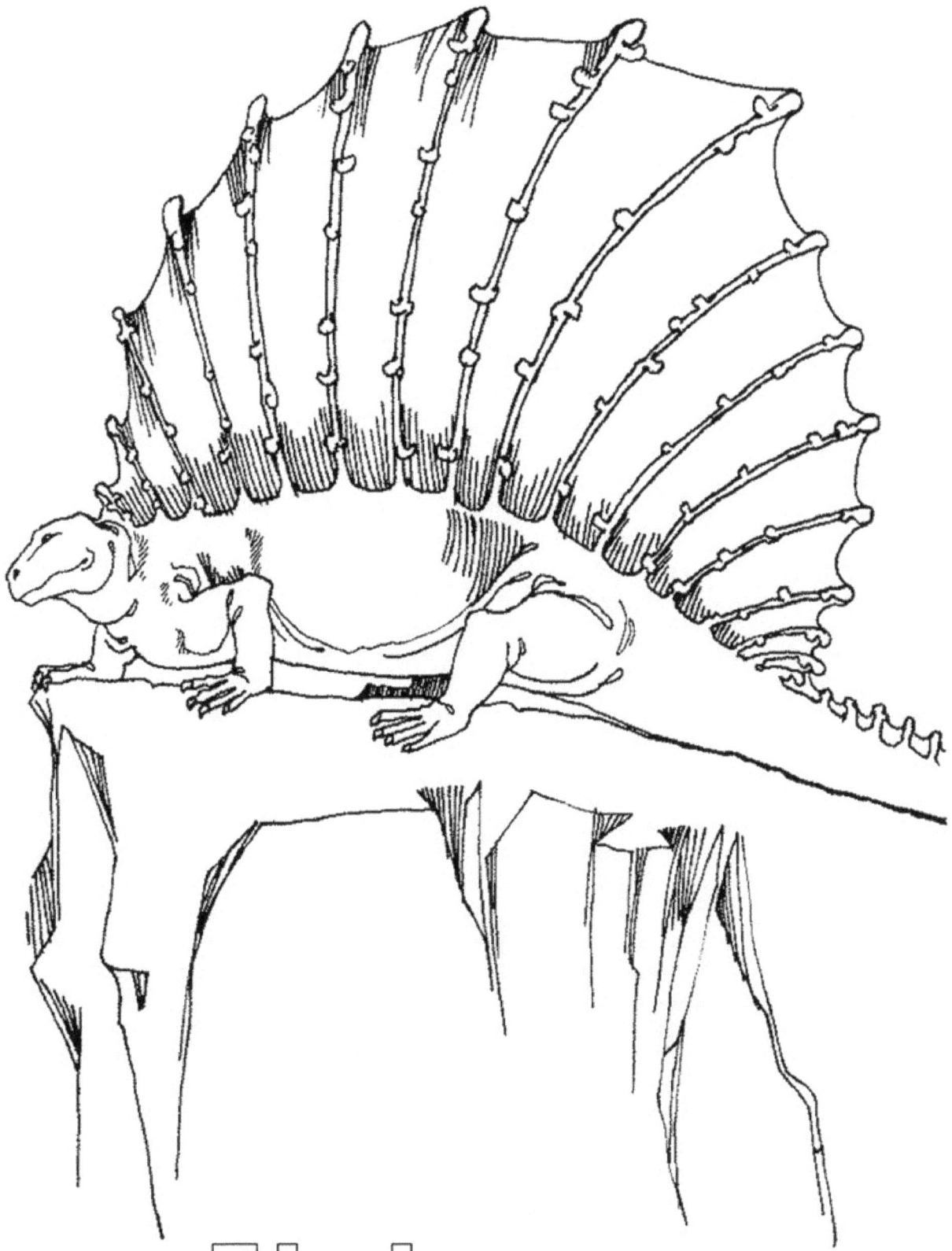

Edaphosaurus

Spinosaurus

Iguanodon

Allosaurus

Brachiosaurus

Hylaeosaurus

Kentrosaurus

Dromiceiomimus

Diplodocus

Lambeosaurus

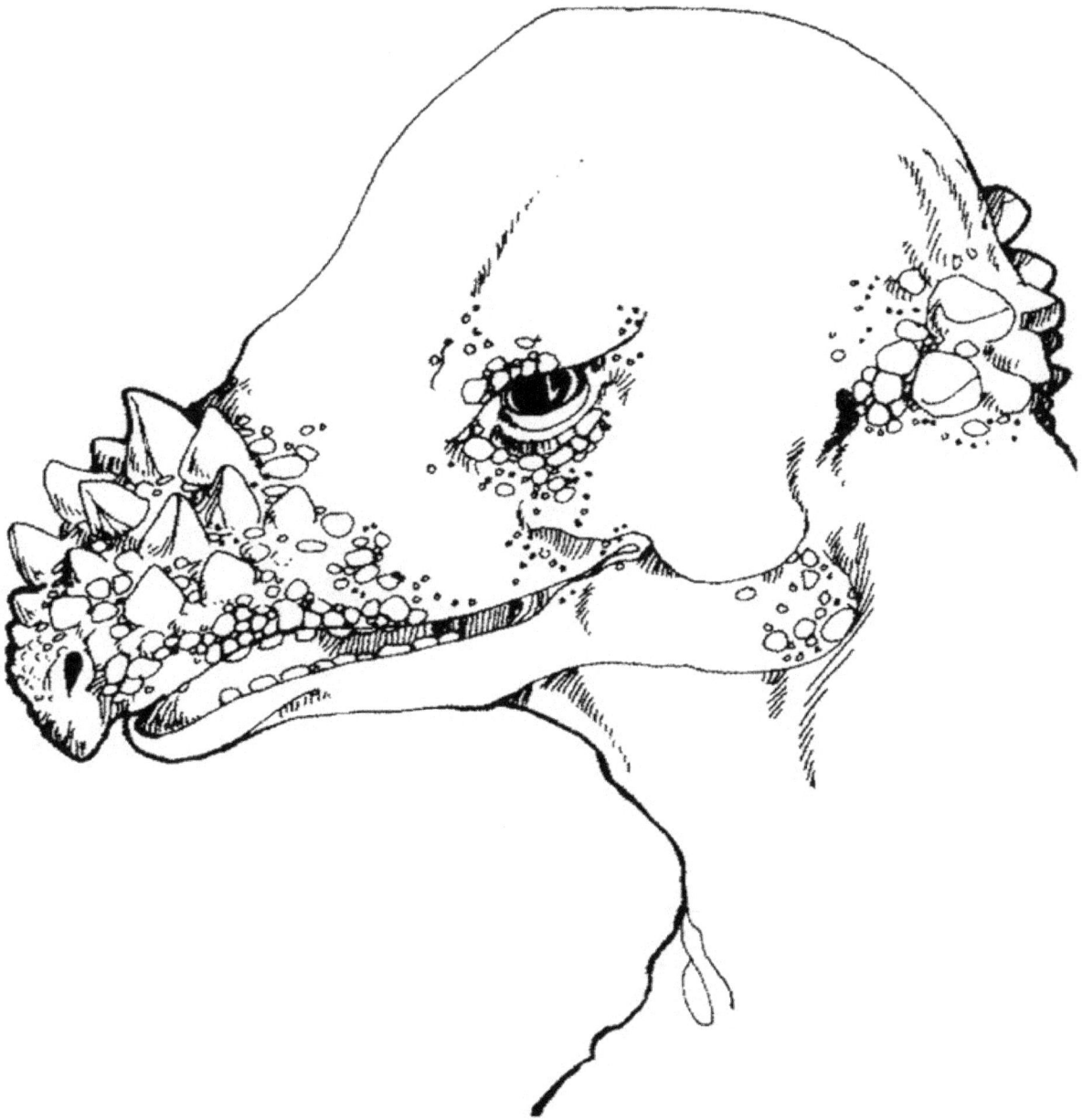

Pachycephalosaurus
Head

Plesiosaur

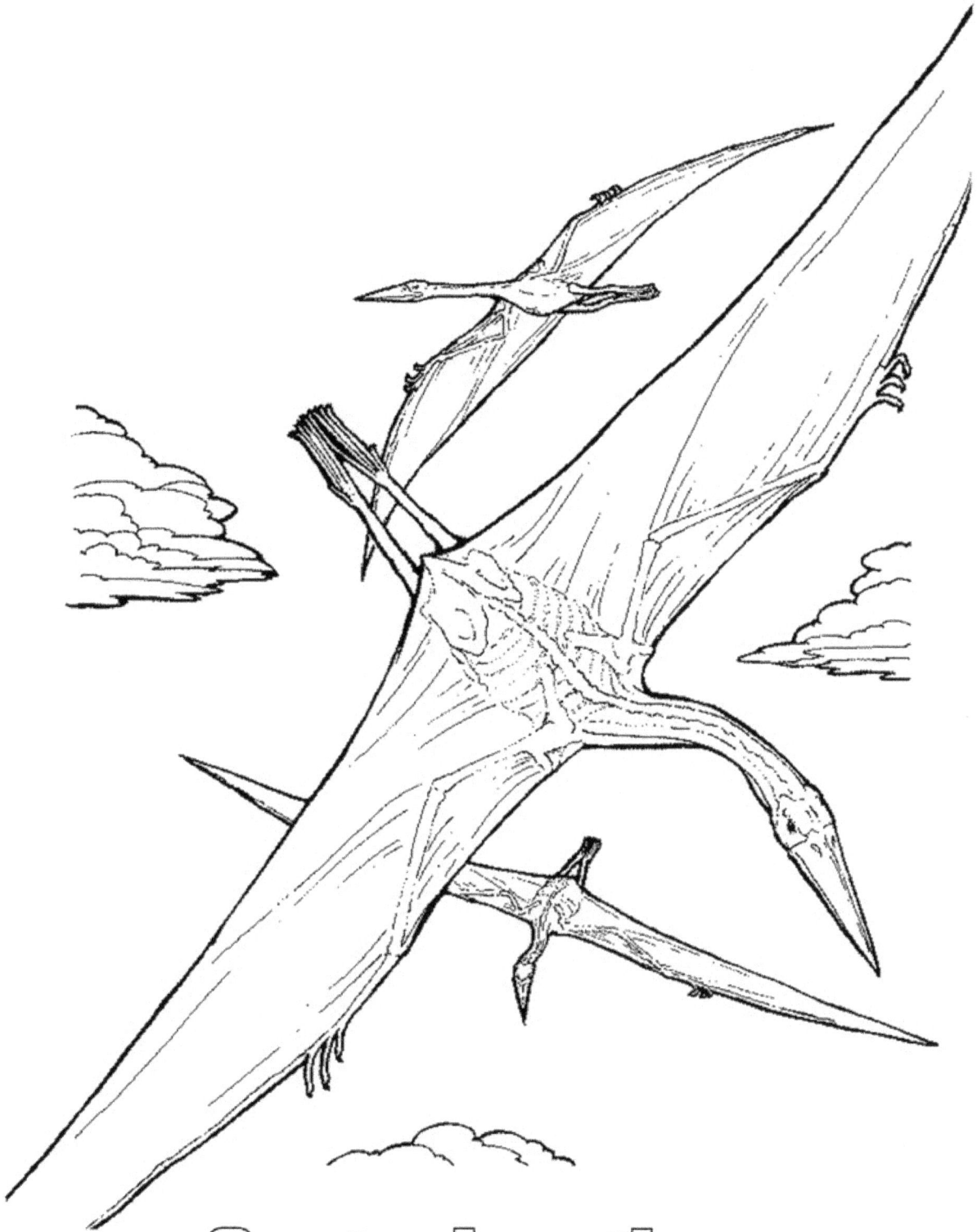

Quetzalcoatlus

Rhamphorhynchus

Saurolophus

Triceratops

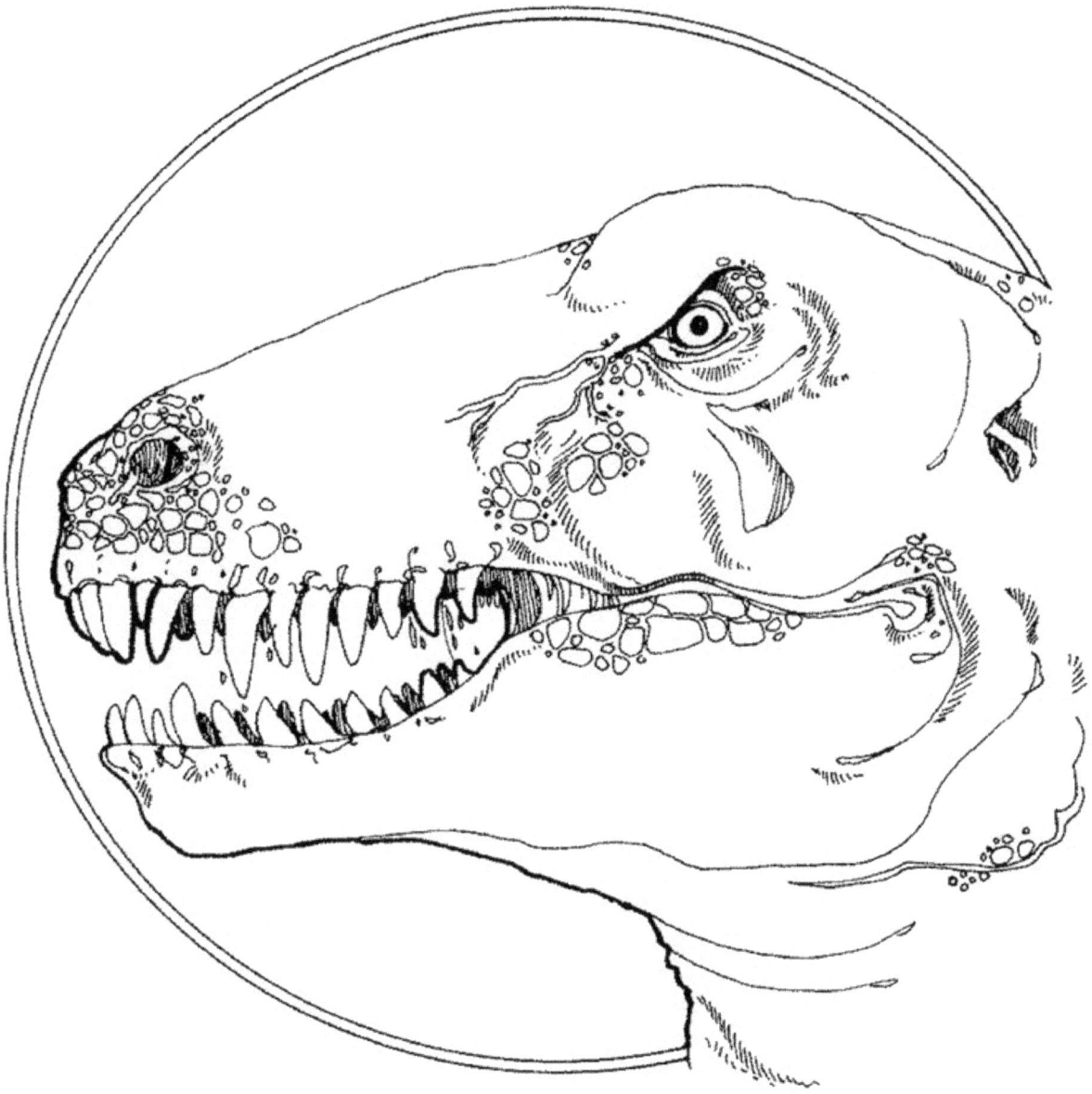

Tyrannosaurus Head

Edmontosaurus

Stegosaurus

Pteranodon

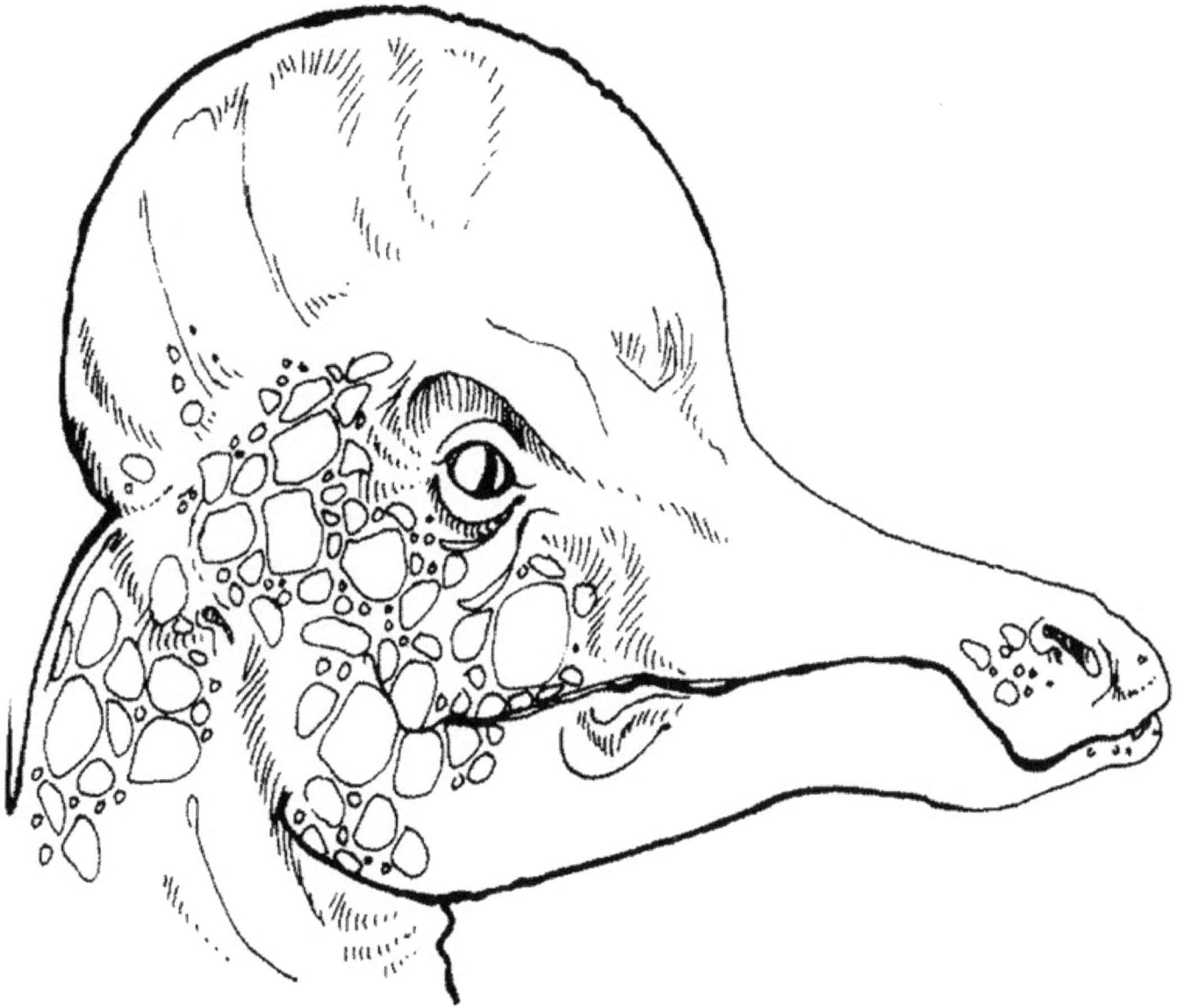

Corythosaurus Head

Dinosaurs

Gracias

Esperamos que hayas disfrutado de nuestro libro.

Como pequeña empresa familiar, sus comentarios son muy importantes para nosotros.

Háganos saber si le gusta nuestro libro en:

lenardvincipress@gmail.com

CPSIA information can be obtained
at www.ICGtesting.com
Printed in the USA
LVHW010350260121
677405LV00008B/168

9 781716 295805